KB140425

석류의 후숙

도서출판
작가마을

석류의 후숙

초판인쇄 | 2020년 7월 20일
초판발행 | 2020년 7월 30일

지 은 이 | 정말심
편집주간 | 배재경
펴 낸 이 | 배재도
펴 낸 곳 | 도서출판 작가마을
등   록 | 2002년 8월 29일제 2002-000012호
주   소 | 부산광역시 중구 대청로 141번길 15-1 대륙빌딩 301호
　　　　　 T. 051248-4145, 2598 F. 051248-0723 E. seepoet@hanmail.net

ISBN 979-11-5606-152-6 03810 정가 10,000원

※ 본 도서는 2020년 부산광역시, 부산문화재단 지역문화예술특성화지원 '부산문화예술지원사업'으로
　　지원을 받았습니다.

석류의 후숙

정말심 시집

| 자서 |

이타카로 향하는

긴 여정

시로 표현할 수 있음이

행복이다

아마도

결핍이 시를 불렀으리라

습관적으로 읽고 쓰고

제대로 일상을 갈무리하지 않았으므로

또 다른 희망을 위하여

언어의 의미는 탈각하고

소리만 남기를

2020년 여름
정말심

정말심 시집

· 차례

석류의 후숙

정말심 시집

석류의 후숙

석류의 후숙_____정말심 시집

제1부

꽃 지는 밤

달빛도 고와라
꽃 지는 밤에는

임과 이별에
사위어가는 꽃 이파리

젖몸살 앓던 연분홍 꿈
바람결 따라 무심히 흩어지고

이 밤 다시 핀 꿈도
꽃잎 따라 쉬 사라진다

여인의 목에 두른 꽃무늬 스카프
잘 가, 어둠 속에 손 흔드는 밤

영화의 마지막처럼
명치끝이 아린다

가지치기

잎 벗은 나무 아래서
하늘을 올려다본다
얽힌 가지 사이로 조각난 하늘들

잎을 열고 꽃을 피우던
아, 숨 가쁜 시절 있었다

미풍에도 스스스스
잎은 노래했지
꽃은 향기로웠다

바람이 심하던 날
가지는 나무를 뽑아버릴 듯
화가 나고
바로 서는 일조차 힘들었다

세파를 견디지 못하고
뿌리를 흔들던 가지들
저 혼자 꺾이기도 하며
상처 남긴다

벗은 나무 아래 서서
잔가지를 걷어낸다
옹이를 남기며 멀어져 가는
아린 기억들

시원始原의 바이칼 호수 같은
쪽빛 하늘 닮고 싶어
겉 가지를 걷어낸다

단단하고 굵은 줄기
오롯이 남겨두고

권태로운 말

임종이 가까운 어머니는
입속 마지막 말 털어내려
안간힘 쓰셨다
단단한 홑겹의 말은
과녁을 벗어나지 않고
촘촘히 와 박혔다
축축 늘어져
엉키기만 하는 단어들
의미 없는 불안정한 나를
밀어내며 모른 채 시치미 뗀다
붉은 피를 흘리며
화산 같은 분노 폭발하는 말은
은밀한 숲에 머물며
서늘하게 눈빛 감추고
오염된 말은
자유롭게 사물 사이 유영하며
스스로 거짓이 되거나
모호하게 덧칠하거나
한계와 모순
마침내 갇혀버리고 말
갈수록 좁아지는 방

바디랭귀지

첫돌 넘긴 손녀
나의 흑심 안다는 듯
미간 찌푸리며 올려다본다
억지로 입을 파고드는 밥술을
뱃살에 힘을 주고 아_!
청명한 모음으로 거절한다
기쁠 때는 더 큰 호흡을 실어
몸통을 튕기며 ㅎ _ 아 _!
끝소리를 높여 맞장구친다
셈여림으로
혹은 높고 낮게
한순간 언덕을 치고 올라가는
당찬 돌개바람
사람 앞에서 으-저_
목젓만 울리는 나
소리를 뱃심으로 튕겨볼까
몸통으로 날려볼까
진정성 있는 대화는
배와 몸통의 문제라는 걸
녀석이 알고 있나

그리운 두타연

어느 여름에 가본
양구 두타연 떠올리며
풍경화 그린다
막무가내로 물감을 짜고
민통선에 갇힌 진녹색 여름 능선
힘 있게 뻗어 내리고
먹먹한 부담감 내려놓는다
손길 가는 대로 붓질 채울수록
그윽해지는 희열
군사경계선을 넘어오는
핏기 어린 계곡의 바람
잡초와 폭포 낙수 소리와
지뢰의 흔적 주변
철없는 연분홍 들꽃 무리
녹이 슨 철책의 전장 상처
차례로 옮겨놓고
통일로 가는 길은
고흐처럼
노란 햇살 잘게 잘게 흩뿌린다
의연하고 숙연하고

두타연 원시 숲 우거지면
북녘 향한 파란 하늘엔
뭉게구름 앞서겠지

마오리 코로키아

희끗희끗 낯선 빈티지
마오리족처럼 튼튼하고 질기다는
뉴질랜드 야생화
거꾸로 빗어 올려 헝클어진 가지
모던한 세련미 풍기며
좁쌀만 한 잎으로 햇살 만진다
두 촉은 물기에 뿌리가 썩고
겨우 한 촉 첫돌 맞았다
십 년 타향살이 끝내는 딸의 아쉬움과
최순우 옛집 터 간송미술관
이태준 고택의 쑥차 향기 그리울까
이삿짐 싸는 아침
성북동 오르막 꽃집으로 달려가
급하게 준비한 송별 기념 화분
그간의 경륜 연이어 자라기를 바라며
눈치껏 이삿짐 뒤 칸 실어 온 덕에
물을 줄 때마다
성북동 고개 오르내리고
눈만 살아남은 인사동 사람들 아른거리고
창경궁 돌담 기웃거리던

키다리 은행나무도 올려다보며
가슴의 서늘함 견딜 수 있었다

맨드라미

뙤약볕에 선연한 맨드라미
돌확 속에서
불장난 한다

혓바닥처럼 날름대는 붉은 기세에
벌 한 마리
머물 듯 달아난다

애련에 지쳐 목덜미가 아픈 한나절
저만치 불어오는 갈바람
눈치 없는 맨드라미를 본다

제풀에 허물어지면 마른 지푸라기처럼
바람에 떠돌다가 사라질
홍염紅艶한 날들

어둠을 밀어내던 불꽃
다시
어둠 속으로 잦아들리

돌확 속에서 나도
붉어지고 싶다

봄, 오동도

기암괴석 밀어 올린
바람 등지고 붉게
붉게 화장했더라
소금기 견디면 견딜수록
더욱 진홍으로 붉어지는 동백꽃은
한계를 거스른 오만함으로
떨어져 누운 진창에서 다시 웃더라
웃으며 말할 수 없는 속마음 견디며
견디며 동글동글
안으로 오므린 잎, 푸르른 입으로
오늘 찰진 봄볕을 드시네
은빛 숲길 따라 바람은 느리게
느리게 뒤뚱거려도
금오산 절벽 끝 향일암은
오래 바라보는 동안
오동도
오동도 절로 붉어지는 까닭을
벌써 알고 있더라

봄비

이른 아침 열어보는
첫 메일

종소리 북소리
마린바 소리
거침없는 연탄곡

들을 깨우고
마을을 깨우고
아이들을 깨우고

무시로 신생하며
지상으로 낙화하는
하느님의 꿈

일어나!
동면의 가지 흔드는
소란

봄이 오는 까닭

거뭇하게 말라붙은
상처 붙들고
혼자 끙끙거릴 거 없다
열매 없는 빈털터리
찬바람에 가지 다 부러져도
몰골로 뻔뻔하게 살아남아라
지난한 시간 갈아엎을 패자부활전
곧 돌아온다
끝까지 보듬은 꿈
나날의 꽃봉오리들은
눈 아프게 때를 기다린다
다시 새것이 되지 않으면
분홍 꽃 흰 꽃 피지 않으리
애틋하고
절절하게
네게 닿고 싶은데
지진은 권태를 단번에 무너뜨린다
갈라지는 틈새마다 봄이 되려나
용기 있게 처음이 되는
견딜 수 없는 어지러움을 위하여
봄이 오는가

사월 연서

긴 편지 쓰고 싶었습니다
목까지 차오르는 그리움을
토해내고 싶었어요
나뭇가지처럼
비벼댈 곳 없는 마음
이리저리 봄바람에 펄럭여요
황홀한 사월은
가로등 불빛 아래서도
꽃봉오리 터뜨리는데
열사의 한가운데 걸어가는 나는
어지러운 현기증 일으킵니다
천지를 꽃으로 메운다 한들
내 맘 같을까
사랑하는 그대는 바쁜 걸음 멈추고
이쯤의 봄
진달래 활짝 핀 산등성을
잠시 돌아보아요

석류의 후숙

그때 제일 힘들었던 건
부끄럼을 견디는 일
교실에서 손을 들면
코피부터 쏟아졌다

관계 속으로 가 닿든지
살이 닳도록
결핍을 거스르든지
낯선 것들은
더욱 낯설게 질문하면서
부끄럼은 아프게 피부를 긁고

허기진 몸통 가라앉힐
바닥이 보이지 않아
더듬이 움츠리고
나이 사 십을 넘어도
중심으로 나아가는 길을 잃고
흔들리면서

부끄럼은 시

어쩔 수 없는
안에서 농익다가 밖으로
한 번은 터지는 일

쉰아홉

주변을 서성대며
주인 행세했는데
그냥 습관일 뿐
이제 지나쳐야겠다
책상 위는 여전히 복잡한데
도대체 정리되지 않아
먼 기억에 절은 습관과
재사용을 기다리는 낡은 집기들과 옷가지
사물을 점점 닮아가는 무표정
간혹 때 없이
책갈피 갈피 꽃이 어지럽게 핀다 한들
그때 다시 밖으로 뛰어나간들
어찌하겠나
날마다 그 길 위에서
바람을 만나고 비에 젖어도
가던 길 멈추고
하냥 머물고 싶은

어떤 기다림

약속도 하지 않은
기다림에

오늘도
하루해 넘겼다

그 나무 밑

부질없는 바람
얼굴 비벼대고

그림자와 벗하며
세월 보냈지만

혼자 한 약속

나무의 키만
자란다

석류의 후숙_____정말심 시집

제2부

얼굴을 열다

긴장하면
초점을 잃고 시선 흩어진다
시선을 위쪽으로 눈을 부릅뜨라며
이마에 주름 긋는 사진관 아저씨
사천왕사처럼 눈을 부릅뜨면
온몸에 혈기가 돌고
거꾸로 쏟아지는 세상에
스스로 갇힌다
손바닥으로 얼굴 문지르고
떼굴떼굴 시선 교정하고
세상일 서툰 어머니 닮은
히죽거리며 삭은 탈바가지
의자에 앉았다
투명하게
렌즈는 기억까지 정제할 듯
집요하게 쪼아본다
찰깍, 촬영이 끝나고
보임과 감춤 단층 깊이 박제된
픽션의 시간
표정이 낯설다

어항

– 친구의 영정 앞에서

찻잔 속에
고래 한 마리 헤엄치듯 떠 있다
우두커니 정물로 앉아있는 시간은
속을 드러내고도 당당한
고목의 뿌리 닮았다
씀바귀 같은 존재의 고독
강가에 앉아 빨래처럼
헹궈내는 날 있으리라 생각했다
꿈인지 오류인지
극의 절정에서
넌 이하 생략을 쓸 수 있구나
필사적으로 지느러미 흔들며
바람 저항하는 푸른 고래
어항을 부수고
다시 바다로 간다
을숙도의 새와 나비와 벌레와
푸른 나무와 이슬과 흙과
빛과 어둠 뒤섞여 오래 헤매던
차 한 잔과
여러 잔의 그리움 연거푸 마신

감당할 수 없는 속 쓰림
너와 엮은 날이 아프다

오래된 소리

담장 아래 맨드라미
혼자 서 있다
늦은 저녁 밥상머리에 앉아
사라진 소리
숟가락으로 집어 올린다
건빵 봉지 옆구리에 끼고
아버지 장지문 미는 소리
찌개로 끓어 복닥거리는
어머니 푸념 소리
어린 날개들 파닥거리며
날아오르는 소리
옥상 선인장 꽃봉오리
달빛 아래 입술 터지는 소리
손때 묻은 기둥은
집 안을 오가던 발걸음 소리
기억할까
한 세대를 밀어내는
어스름 저녁
먼 기억들 총총

의자에 내려앉아
귀 닦는 시간

이팝나무 꽃

오월 훈풍에 이팝나무 꽃
청렴한 향기 욕심 없이 덜어낸다
아버지 밥상에 고봉으로 올랐던 쌀밥
가지가 꺾이도록 한 상이다
어머니가 보시면 함박꽃이 피겠네
사람 좋다 소리 들으시며 대소쿠리 같은
바람구멍 숭숭 뚫어놓고 가신 아버지
그 바람 막으랴
콩자반으로 졸아진 덩치로
바람 한가운데 의연히 걸어가셨던
쪽진 머리에
소복한 내 어머니 닮은
하얀 이팝 꽃이 슬프다

젖은 날

길을 걷는다

키가 작은 장미에
말을 걸고 젖은 벽보에
말을 걸고 담장을 넘어가는 고양이에게
말을 걸고

오월 흐린 하늘에
말을 걸고 전화기를 꺼내
말을 걸고 앞서 걷는 사람 등에
말을 걸고

지나간 시간에
말을 걸고 오가는 빗줄기에
말을 걸고 내 안에
말을 걸고

첫

어금니 올라오는 통증에
손녀가 밤새 칭얼댄다
익숙하지 않은 아픔으로
온몸이 파르르 움찔거린다
무딘 손바닥으로 다독거려도
엄마 아니라고
슬픔이 나뉘지 않는다
욕심은 있으되
아직 거짓은 모르는 여린 얼굴이
울다가 찡그리다가 일그러져 잠들었다
손바닥이 미열로 뜨듯하다
순전한 기름에
맑고 푸르게 타오르는 불꽃
존재에 한 걸음 다가가는 성장통
어여쁘고 측은하다
바람에 푸석해진 나뭇등걸 같다만
여리게 절절히
아이 대신 내가 아팠으면
첫
처음은 아프다

행간에서

낡은 시폰 블라우스처럼

아무것도 가려지지 않는 문장은

회의적인 나를 소화한 용기 어린 배설물

나만의 방에서 응고된 시간과 은유

다 놓친 그물일지도

부끄럼 혹은 자발적 기쁨

그 나머지

꽃을 위한 변용이다

가을 유감

초봄부터 열어뒀던 겹 창문
아침 찬바람에 닫았다
버틸 수 없다면
자연이 주는 답이 올바르다
남은 시간은 찬 기운이 웅숭깊다
쓰다듬고 싶고
챙겨주던 손으로
나의 옷깃 여며야 할 것 같다
한때는 모든 것이 뜨거워
살이 닿는 곳마다 지져댔는데
익을 대로 익은 단풍이거나
노란 은행잎 서걱거리는 소리에도
발정 난 수컷처럼 쏘다니며
속 불을 끄던 때 있었는데
가랑잎 툭
어깨를 치고 지나갈 뿐
가을이 도무지
나를 관통하지 않는다

거울을 깨다

사람들 점점 닮아간다 남자끼리 여자끼리 남자와 여자가
얼굴을 죽이는 화장 하셨군요 티브이도 안 보시나 봐! 성긴
눈썹과 탈색한 피부 밀도를 높이고 흐린 눈빛 밑줄 그어 강
조한 뒤 점원은 높은 견적을 내민다 거울 뿐인 세상 빛은
사물을 투과하지 않았다 소문과 페르소나 그들의 주장을
따를 수밖에 몸짓 하나에 표정 하나 셀카 앞에서 벗은 몸
젖히며 스스로 광고하는 나를 탐색하는 관객들 그들의 관
심을 탐하는 나 눈으로 보는 것보다 몸이 더 많이 알고 있
음을 모를 리 없다 스스로 나를 볼 수 있다면, 어두운 통로
끝 사물들 의미 속으로 온몸 스며든다면, 날마다 거울 깨부
순다

나는 여류시인

여류시인들은
모자나 스카프 좋아하더라
챙이 큰 모자이거나
겨우 반다나 한 장 접어 묶어
생명이여
평등이여
적진 향해 돌진하는
유리 천장을 뚫고 나온
형형색색 꽃무늬 깃발들
창을 든 장미여
세상 끝에서 부를 노래여
정교하고 치열하게
살을 파고드는 질문들
날카로운 조각을 움켜쥔 듯
죽음을 기억하며
뭐라도 썼다
확고한 것에 자유로워도
언어 저쪽은 칠흑의 어둠
눈물의 세계
어지러운 진실

'나는 모르겠어!'*
어쩌면
공허하게 무한대 공간에서
형용사와 함께 길 잃을 수도

*B 쉼보르스카

동거

한순간 내 안에
유약한 나를 밀치고 몰래 침입한
소 한 마리 함께 살고 있다
고삐를 잡아당겨도 움쩍달싹하지 않는
마음 전부를 내보일 때만
겨우 걸음을 떼는 힘에 겨운 소
나와 상관없는
남의 생각만으로 하루가 바쁜데
언제부턴가
결론에 이르지 않은 날것으로는
녀석을 부릴 수 없다
혼자 집에 있을 때면
큰 덩치로 속을 마구 깔아뭉갠다
눈치껏 슬쩍
넘어뜨리고 싶고 밀어내고 싶은
거만하고 고집스러운 단독자
낯설고 반갑고
얄밉게 힘이 센 녀석 덕분에
어쩌면
보다 단순한 세상을 즐기게 될지도 몰라

아마도
생애 가장 위대한 순간을 소와 함께
지금 지나가는 중 일지도

론다에서

사랑을 잃었으므로
다시 돌아가야 한다
협곡 위
이끼처럼
간신히 바람을 견딘 하얀 움막
남은 건 상처와 외로움
바람이 지나갈 때마다
한 꺼풀
부스러지고 흩어지는
마음의 석회질

나그네 발자국 위에
걸음 얹으며
누에보 다리 난간에 서서
부질없이
소식 기다리다

쓸쓸한 상상으로
책장 넘기며
오후 세 시

모퉁이 돌아서다
조명 낮은 카페를 지나치다
눈가가 붉은 선술집 사람들
어디든 끼어들고 싶은데
고양이 앞지르며
시선 거두어가다

다시 누에보 다리 위
계단에서 시작되는
절벽 아래
한갓 깃털
떨어져 나간 시간
붙잡고 있었다고 착각한
죽음보다 더 깊은
또 절벽
공명
소리 내 울어버리다

헤밍웨이를 사랑하는
론다

이승과 저승이 맞잡은
황홀한 길목

내 노래는

아마도
독해 불가한 고대 기호이거나

오래 절어 딱딱해진 자반 고등어

부를수록 아픈 노래

오고 있을 그 날을 위하여
하냥 태어나는 중이거나

속살이 가려운 애벌레

대책 없는 청춘

망할 대로 망한
항구에서 멀어진 난파선이다

누가 그를 보았는가

지독하게 또 하루를 털어가네
입안 흥건하게 시詩다

말복

건드리지 말라
참견도 하지 말라
오직 광합성에 화두를 건 화분의 꽃들
아침부터 사지를 풀고 명상에 들었다

된 더위 아래서는
비바람에 잘린 가지도 하루면 아물고
매운 풋고추 한 입 울컥 베어 물면
눈물 콧물 아련한 시절 다 씻겨나가는데

벼르고 벼룬 나와의 싸움
살갗 끝까지 힘줄을 끌어당겨 열기 내 뿜으며
쉽게 끝나지 않는다

물이 되다

광안대교 아치 탑
수리하는 저 사람
바람 꼭대기 버티고 서서
먼 산허리 바라보며 그윽이
물 한 잔 마시며
풍경 속으로 사라진다
게으름이 부른 건기에
겨우 물 한 잔
간절했던 그 순간 떠올라
따라 침 삼킨다
삶이 회전문에 낄 때마다
목이 말랐다
요령부득 몸을 통째로 사르며
어둠의 안팎을 뒤집어엎을 때
선량하게 마음을 길들이던 물
물 한 모금의 여유 없다면
남은 자유로 무얼 할까
틈을 밀어내는 물의 파문
꽃 피는 자리마다
물이 되고 싶다

미명

잠에서 깨어나지 않은 산과
서녘에 남은 달
새벽 숲을 향하는 새의 날갯짓과
비로드 커튼을 드리운 새벽 창공은
짙푸르다

우유를 배달하는 손수레
빈속에 먼 길 달리는 자동차 꽁무니의 연기
찬바람을 가르며 해안을 달리는 사람들
미명에 움트는 세밀한 일상은
푸른색이다

젖먹이의 눈동자를 닮은
흰빛을 감당하지 못해 푸르기만 한
새벽에 마음을 담그면
푸른 물이 든다

배설

아랫배의 통증
긴장의 시작부터
외길이다
부끄러움을 모르는
끈끈한 욕망으로
날마다
바람벽에 글을 쓴다
먼 곳 바라보다가
헐거워진 주제
두루마리 휴지처럼
술술 풀린다
소화 불량의 뱃속
뒤집히고 솟구치고
제멋대로
시 쏟아진다
작란을 항변하는
역한 구린내
나와 생각과 언어를
냄새가 정의한다면,
황급히
변기 물 내린다

석류의 후숙

정말심 시집

제3부

번 아웃

발목 삐지 않게
내려가야지
더 높은
끝은 늘 애매하다
스스로 '끝'이라 명명할 때
끝이 되는 것을
'내려가기'는
마침표를 밀어내는 목적격
반환점을 돌아서며
겨우 내가 보인다
사방으로 얽힌 표시등 걷어내고
제 언어가 통용되는 시점
여기 본래 남성 전용 아냐
천만의 말씀
신나게 회향해야지
올라가기의 원천이던
여성성은 나의 굴레
순전한 나에게로
그냥 돌아가는 것

봄

쓸쓸한 날엔 냉장고 남은 채소 송송 썰고 밀가루 풀어
뜨겁게 달아오른 프라이팬에 한 국자 퍼 올려 지글지글
몸서리치는
쓸쓸함 익혀버린다 당신의 바다 위로 떨어지는 불새들
봄볕 뒤에 숨어 하늘대는 꽃그늘처럼 전하여지지 않는 사
랑으로
봄도 가을처럼 쓸쓸하기는 마찬가지

빗방울의 무게

비가 온다
우산으로 가려도 몸이 젖는다
길가 웅덩이에 비친 낯선 얼굴
흔들거리며 기울다가
만삭에도
자궁을 쉽게 빠져나오지 못한
그녀는 웃고 있다
신문지 짓이기던 습기
마음에도 스며들었다
젖은 것은 젖은 시간에 머물 뿐
이쯤에서 비가 멈춘다고
우기가 쉽게 끝나지 않을 것이다
자전거에 짐을 싣고
빗길 달리는 남자의 어깨 위
후두두
빗방울의 망치질 소리
더 깊이 침잠하는 생애
도시는 노란색 점멸등처럼
깜빡거린다

사회적 풍경

"안심존 전문점 천연간수
수제 식초 약콩 밀면
밀면의 리더가 되겠습니다"
'속이 편한 약콩 밀면' 집은
코로나바이러스에 감염된 듯
출입문이 움직이지 않는다
두렵고 외롭고
가름할 수 없는 전쟁터의 봄날
차가 지나칠 때마다 긴 간판의 글씨
꽃잎처럼 떨어진다
바닥보다 더 아래
자책하고 원망하고
손에 잡은 것 다 내려놔도
끝이 보이지 않는 숨은 그림 찾기
희망을 제어하는 이 미터 폭의 해자
국경선보다 냉혹하다
사람에게, 사람을, 사람이므로
존엄한 경계 밀리면 안 돼
사회적 거리 더 멀리
사랑을 퍼트리며 용기 있게
버티기

삼류 엘레지

숲이 경련하네

운명의 둥지 찾아 헤매는
새들의 거친 날갯짓에

에디트 피아프의
바이브레이션 흉내 내며
빈 주머니마다
공명 일으키고 싶은 종달새는
은유의 집을 찾지 못해
생울음 울었네

저녁 물가에 앉아
화석이 된 언어로
홀로 동심원 그리는
물수제비만 뜨고 있었네

잎이면서
꽃이면서
바람이었네

詩

바람에 꽃 벙글어도 꽃잎 무심히 흩어지네

기다림의 나날 시로 길든다

일급수 어종

다종 어류가 모여 사는 서울 한 모퉁이
물이끼처럼 얕은 돌 틈에 둥지 틀고
부지런히 맑은 수맥을 찾아 헤맨다
물길이 역류하는 곳은 귀찮아도 둘러 가고
오염된 웅덩이에선 먹잇감을 찾지 않는다
반들반들 빛나는 비늘 없어도
부실한 영양에 곧게 등뼈 생겼다
6개월 아르바이트로 연명한 주제에
꿈을 규제하는 방향성 싫어
자리를 뛰쳐나오고
뛰쳐나오고
몸집보다 큰 눈 끔벅거리며
임시직이라도 정면 승부 걸겠다고 힘준다
어딘가에 있을 골짜기 물길 향해
느린 유영으로 역주행하는 분홍 물고기

촛불 마을

李 시인은
나이 칠순에 첫 시집을 냈다
잘난 채 서둘렀다면
한 열 권은 족하게 나왔을 이력에
부끄러워 숨어 있는 눈치였는데
광화문 행렬 바라보다가
용기 내어 촛불 밝혔다
시는 정신일 수밖에
화룡점정이라는 말
이럴 때를 위한 말 아닌가
밥도 되지 않고
남은 습기조차 걷어가는 늦가을에
꽃씨 심었다
걸어온 길의 주인으로서
비로소 삶의 명패 달았다
혁명이 시작된 李 시인은
출판사에서 시집을 받아오던 날
아이 같은 얼굴을 하고
목소리와 몸에서 빛이 났다
시집 〈촛불 마을〉은

이만오천오백오십여 날을 품은
그의 몸에서 나온 사리더라

자갈밭에서

파도가 씻고 간
까맣고 둥근
자갈을 줍는다
갯바위 틈틈이 헤집어
제일 예쁜 잔돌
찾는다, 나는
그 하나 얻으려
비비고
구르고
떠밀리고
부딪히고
깎이고
모서리 다 달도록
당신을 치대며
어지럽게
언어에 난파하여
죽을 만큼
헤맨 적 있었나
동글동글
예쁜 자갈 되도록

코스프레

일기예보보다 빨리
겨울 아침 비 내린다
반가운지 귀찮은 건지
몸이 먼저
우산을 들고 나선다
삶을 공격하던
철부지들 떠난 빈집
싫고 좋은 것 의미 없다
관계 속에 허적대면
내게 돌아가는 길
더 희미하다
툭툭 어깨 건드리는
빗방울의 꼬드김
능청맞게 받아치며
거미처럼 엉덩이로
실이라도 자아볼까
쓸쓸하고 간간하고
바람 이겨내고 남은 소금
함께 토해버리면
살 것 같다

헌책방

발길 따라 우연이
우연을 불렀나
도무지 몰랐던 그
서고 깊숙이에서
스스로 몸을 닦고 있었다
삭은 몸통 풀썩여도
목소리 졸아들지 않았고
억겁의 시선 아직 따뜻하다
세상 이야기들
더러 풍화되어 사라지고
오류의 역사에 밀려나고
때로
책 속에 뿌리 내려
살갑게 찍힌 삶의 문장들
천장 높이 흔적 따라가면
아슴푸레 움트는 형광 불빛
나에게 비춘다
전쟁과 바람과 소문을 견뎌낸
질량 없는 언어들의 부활
아, 여기 스스로
신성하다!

18층 여자

아침마다
이기대 산등성을 기어오르는
고원의 산양
새의 목덜미 내려다보며
까닭 없이 목이 마르다
바람과 구름 사이
떠도는 것들의 집
모두
스쳐 지나가는 길목
잠깐 스치는 빗줄기에
가난한 NGO 사진
젖지 않고 떠돌다 사라진다
소낙비 내려도 고원에는
젖어있는 것만 젖을 뿐
혼자 시간은 빨래보다 먼저
사람을 마르게 한다
기다려도 도착하지 않는
당신의 소포
화분을 적시며
오늘은
비라도 오면 좋겠다

가끔은

벚꽃 흩날리는
질펀한 꽃길 뒹굴며
강아지처럼 해찰 부리고 싶다

나무는 나무
새는 새
나무의 뿌리가 되고 싶다

종교와 문화가 빚은 빵
때로 식상하다

어디든
큰소리 모여 길이 되는 세상
혼자 가지 치며 걸어온 길
다시 걸어보고 싶다

이 별에서 저 별까지
건너 뛰어가 보고 싶다

구름 신발 신고 레이첼 카슨*과

먼바다 여행하고 싶다

어른이 되기 싫다

* 레이첼 루이스 카슨 : 미국. 해양생물학자이자 작가

가수 한영애

조명 아래는
무인도 막다른 낭떠러지
두 번 다시 돌아올 수 없다는 듯
극한의 한기
소름 돋으며
빙의에 가까운 눈빛으로
잘근잘근
또박또박
쓰고 지우고
지우고 쓰고
목젖 다 내보이며
너에게 보낼 언어 찾는
불굴의 노동
다시 쓴다
온몸으로

가을에 저녁

짧은 해가 저물고 처진 어깨의 사람들 어둑어둑 골목을 헤집어 집으로 돌아가고 눈 부시는 불빛만 꽃들만 도시 가운데 모여든다 나도 불빛에 꽃에 묻어가 밤바람에 한없이 나부대고 싶은데 생각 없이 어두운 재래시장 기웃거린다 어린 것들 위해 종종걸음 설쳐댔던 좁은 골목 푸성귀 짓이겨진 냄새 여전하다 엄마가 계셨고 엄마였던 내가 서 있는 시간이 박제된 시장통 지금의 나는 그 아무 것도 아니다 나무에서 떨어진 잎새다 어머니가 흘리신 눈물이다 습기 다하면 우주 공간으로 스며들 물방울이다… 오래 헤매는 늦은 손님을 밤 고양이 빤히 올려다본다

석류의 후숙

정말심 시집

제4부

개미와 나

새벽 공기를 방석 삼아
베란다 끝에 앉아 조간을 읽는 중
스멀스멀 발가락을 간질이며
벌써 일과가 시작된 개미
한두 녀석 아니다
한판 싸움이 하고 싶을 즈음
화분 뒤에서 떼 지어 밀려온다
급한 마음에 제일 앞선 몇 녀석
검지로 공격하다
압사를 면한 녀석 황급히 달아나며
긴급한 상황 타전하는 작은 몸짓
소리 없는 언어는 정직하다
촛불시위대와 전경이 대치한 신문 위로
녀석들 떼로 돌격한다
급박하게 흥분을 감추지 않고
선두의 몇 녀석에게 손바닥으로 일격
몸을 뒤틀던 몇몇 잽싸게 일어나
행렬 속으로 복귀한 뒤
이만 휴전
일사불란 황급히 사라진다

겨울밤

창밖은
혹독한 냉기를 견딜 때
거실 벽 마른 꽃다발에서
바스락
기억들 떨어져 나가는 소리 듣는다

게으르게 책을 접고
졸음에 빠져
타라고나* 지중해의 난간에 기대서서
은회색 물비늘 감상하다

전략적이고 진행형의
먼 길 떠나왔으므로
영영 되돌아갈 수 없을 것이라 상상하며

막힌 것들이나
흘러가 버린
외롭고
부끄러운 것들
진실을 누르던 허무이거나

세상은
언제나 겨울이므로
책 속 언어로 단단한 얼음 해체하고

한 줌 흙과
햇살과
은유와 상상으로
스스로 봄이 되는 연습 중

국화차를 마시다

감기 기운과 함께
두통이 찾아왔다
여름내 서랍에 묵혀둔 국화차 몇 송이
다관에 넣어 우린다
차는 입김으로 나를 부르고
나는 애틋이 찻잔을 바라보고
두 손으로 찻잔 감싸면
둘인 듯 하나로 아득해지는 순간
영혼을 데우는 온기
그윽한 향기 온몸을 진통한다
가을볕을 삼킨
소심해진 사람들과 따뜻한
국화차 한 잔 나누면 좋겠다

달빛 소묘

다다를 수 없는
시간
거리
황홀한 무채색
달빛에도 옷이 젖구나
저 먼 곳에서 나 앉은 자리까지
셀 수 없는 사람들
손에 손잡고 줄지어 섰다
나도 그 뒤를 연잇는
이야기 하나 덧댈 수 있을까
살아있는 것이나
죽음 저편의 시간을
무량으로 넘나드는 이야기라면
흔적 남기려 애쓰던
티끌만 한 아득한 존재감
칠흑을 뚫고 조명하는
달빛 아래서는 부질없어라
이 시각 아직 남아 일렁이는
그리움에 충만할 뿐

별리

누워서 허공을 바라본다

움푹 팬 어제

눈앞 어지러운

하루살이들의 군무

당연하지 않아!

멀어진 시간 되감긴다

살이 터진 홍시의 남은 단물

내장을 타고 더 깊이 스며들고

찢겨나간 날개들

덧없이 흩어지네

서릿발에 바동거린 나날

다시 비에 젖는다

말

속을 헤집어 들어가려 해도

그가 속을 열지 않습니다

내 것인데

불안한 나를 밀어냅니다

먼저 속을 내보이지 않았다고

끝까지 침묵합니다

아예 존재하지 않았다고

시치미 뗍니다

뿌리 없이 마음을 떠나버린

그가 죽으면 나는

한갓 지푸라기일 뿐인데

사슴 혹은,

키가 작아 슬픈 짐승이여
언제나 이해하였다는 듯 말이 없구나
관이 낮은 너는
높은 곳의 소리 들을 수 없었지만
가까이 여린 것과 함께였음을

삼천 원

진해에 가면
자주 보는 풍경 있다
유모차에 재활용 휴지를
키보다 높이 쌓아
육 차선 도로 무단 횡단하는 할머니
총알을 피해 사선을 넘어
전쟁터를 건너온다
몸집보다 몇 배 큰 먹이 입에 물고
집으로 향하는 일개미
손잡이 아래로 휜 등이 매달려
낡은 유모차에 실려 온다
젊은 날 하루 객기에도
휴지처럼 날아가는 삼천 원
종일 모은 삼천 원어치 폐지가
황달 진 삶을 짓누르던 모습
밤새 가시지 않고
목구멍에 그렁댄다

상해 여행

문명 발생지라는
일방통행
찌르는 협곡에 유구한 역사
무심히 흘러도
대륙의 젖줄 모여
욕망에 농밀하게 익은
상해의 낮과 밤은
경계심을 풀어 유혹했다
집밥이 그리울 무렵
좁고 낡은 벽돌의
상해 임시정부청사 견학 길
교과서에선 알아채지 못한
벽면을 채우는 단체 사진 속
결의에 차 눈이 시린 푸른 눈빛
벽을 뚫고 일시에 날아온
무수한 총알의 기억
해 뜨기 직전의 어둠 같은
첫울음 소리
대 한 민 국
몸에 경첩으로 박혔다

생일 선물

참 아득하던
육십 번째 생일 케이크 촛불을
손녀와 함께 껐다
공동 생일로 하자고 우겨
할 수 없이 그러자고 한 것이다
엉덩이에 살구색 프릴이 나풀거리는
예쁜 바지도 생일 선물로 챙겨갔다
오늘따라 서럽게 가라앉은 늦가을 밤
선홍빛 홍시처럼
단물이 나는 녀석 때문에
웃는다

세수하는 시간

사철 푸르기만 한 바다
오늘 회백색으로 기절했다
밤새 바다를 건너온 꿉꿉한 몸을
봉긋한 이기대 능선에 올려
꾸들꾸들 아침 바람에 말리고 싶어라
아직은 하면서
목적지에 다다라버린 의미 없음과
불화를 이겨내지 못한 가벼움
잡히지 않는 내 안의 다변성으로
밤새 소란을 떨던
발화되지 않은 나의 노래 먹어 치울
염소 한 마리
이기대 숲에 풀어놓고 싶어라
뿌연 수수께끼는 닦이지 않고
건너편 능선은 좀 체
이쪽으로 건너오지 않는다

소실점

건반을 깨부수던 손열음의
열 손가락 끝에 적막함
부러웠다
그래도
날마다 나의 적막 먹어치우는
밥상 위 그릇들
밀쳐낼 용기 없다
살 터지게 뒹굴다가
거꾸로 물구나무서서
뒤집어 털어도
빈 손바닥
지나쳐야 눈에 들어오는 길
세상 어디에도 없는 길
길은 모두
지도 밖에서 뒤엉켰다
나의 길이라는
그동안의 황홀한 착시
행복했었나
사막 한가운데
아득한 지점

문득
잃어버린 실존

소문 서림

보수동 책방 골목 두 번째 블록에서 왼쪽으로 방향을 틀면 소리 없이 바쁜 헌책방이 있었다 아이들의 용돈이 모여 전화를 걸면 그림 좋은 'ㅇ' 백과사전을 새 책보다 빨리 구해주던 곳 가끔 창고 같은 서고를 뒤질 때면 온종일 주인 얼굴은 보이지 않았다 소문을 듣고 찾아온 손님들만 먼지 속에서 보물을 찾았다 제대로 간판이 없던 시절 서림의 소문은 바람을 타고 멀리 갔지만 깨끗한 간판을 단 지금의 소문 서림 소문은 어디에도 들리지 않는다 소문은 그때의 소문일 뿐이다

신인류

마구잡이 개발에
땅속 광물질 줄어들었다더니 사람 사이
부끄럼도 빠르게 졸아들었다
강아지나 고양이도 오래 눈 맞추면
부끄러워 비실비실 낯빛 붉히는데
청동제 얼굴은 눈물 어린 시선도
스타카토 문장도
광케이블 전파도
햇빛도 달빛도 투과하지 않는다
열기에 오래 노출된 강한 심장으로
무엇이든 가능한 또봇 X, Y, Z
그들을 하나로 합체하면
감당할 수 없는 괴물로 변신한다지
언뜻 보면
곱사등이 지리소
제정일치를 묘략 한 원시 입법자
향방을 알 수 없는 그의 눈빛은
낚싯바늘에 꿴 물고기 닮았다
투명하게
앞선 사람을 건너뛰어도
뻔뻔하게
그림자 흐릿하다

움막에 누워

전기장판 온도 높여
고흐의 전기 읽다
한적한 시골 풍경에 누우면
울컥 문풍지 찢는 높바람에
하얗게 마음 바래도
화가의 고뇌 내게 깊어진다
늦겨울 햇살
여가 없이 내리꽂혀
책 속 그림 붓 터치마다
비늘이 돋고
건너 산골짝의 쓰러진 해골들
뼈를 스멀거린다
그의 자살이
실존의 결단이나 고립된 희망에의
저항일 거라는 추측
경계에 서면 세상은
눈이 시리다
봄날 하얀 배꽃의 기억과
흩어지는 싸락눈과
삐거덕거리는 문고리 울음소리

뒤엉켜 눈바람에 난무하는
꿈같은
생시 같은 푸른 잠

어느 가랑잎

영양 크림을 샀다
바쁜 십일 월 갈무리하고
겨우 제 자리 앉아
문득
푸석해진 얼굴 터질 것 같아
화장품 가게 앞을 서성대다가
두 번 다시 기회 없는 사람처럼
다급하게 안으로 들어갔다
보습이 제일 잘 되는 것으로 주세요
요즘은
답이 없거나 용기 부족할 때
주저 없이 실행에 옮기는 편
갈잎처럼 바스락대는
물을 빠져나온 지느러미

투명한 하루

우여곡절 한평생
파랑새만 기다렸네
새는 아직 푸른 바다를 건너는 중
날마다 새 아침을 물어다 주는
까치나 참새들, 오늘도 고마워
오래 함께 하는 다정함이여!
열렬히 하나에 빠졌던 순간은
우주도 함께 심장을 요동쳤다
에너지를 다 소진해버리는
깊고 긴 호흡
아직은 뭔가에 안달 나서
몸살 치르며
거친 소용돌이 일으키고 싶은데
유리벽에 되비치는
조용하고 점잖은 잉여의 나날
툭하면 종이비행기 뜨다가
말다가

석류의 후숙

정말심 시집

시적인 에너지, 부끄러움의 승화를 위하여

– 이종하(시인)

시적인 에너지, 부끄러움의 승화를 위하여
– 시집 『석류의 후숙』을 읽고

이종 하(시인)

한 편의 시에는 시를 쓴 이의 현실과 꿈이 녹아 있다. 현실에서 이루지 못한 꿈을 작가는 한 편의 시 속에 실현하기 위해 사력을 다하여 시를 쓴다. 시는 인생의 반영이라 했다. 아마도 시적 발상을 얻기 전부터 이미 그의 삶은 시를 품고 있었을 것이다. 그러므로 시에는 그가 현실을 향해서 묻고 싶었던 질문과 답변이 모두 담겨 있다. 우리가 시를 읽는 이유 중 하나는 직간접적으로 시인의 삶을 인지하고 시인과 함께 스스로 꿈과 현실을 이루고 싶은 심리가 작용하기 때문이리라.

유독 부끄럼을 잘 타는 시인, 정말심 작가는 환갑을 넘긴 나이에도 소녀처럼 수줍음이 많다. 부끄럼이나 수줍음은 때로는 행동반경을 제어하기도, 비좁은 공간에 가두기도 하면서 끊임없이 자신을 주눅 들게 한다. 인간의 오감五感과 칠정七情 중에서 부끄러움과 수줍음은 어쩌면 여성의 가장 원초적인 감정이 아닐까 싶기도 하지만, 정 시인에게는 선천적인 성품으

로 여겨진다. 맑고 선한 성품 탓이리라. 그 이외에는 어떤 이
유도 찾을 수 없는 감정일 것이다. 그러기에 각박한 현실을 헤
치며 살아가는 당사자 본인으로서는 실상 거추장스럽고 버거
울 수밖에 없는 구속에 즈음하는 감정이다.

　과거 어느 시대보다도 유례없이 거짓과 위선과 파렴치가 전
염병처럼 창궐하는 현실에서 그녀의 존재는 극단적으로 대척
점에 있어, 그 참담한 시대를 견디지 못하고 우울증에 자주 시
달려왔음이 잘 드러난다. 그럼에도 부끄럼은 시인에게 역설
적으로 가장 시적인 모티프가 되고 있으며, 한편으로는 탈출
구를 찾는 시인의 몸부림이자 시적인 에너지를 생산하는 엔진
이 되었을 것으로 짐작된다.

　　그때 제일 힘들었던 건
　　부끄럼을 견디는 일
　　교실에서 손을 들면
　　코피부터 쏟아졌다

　　관계 속으로 가닿든지
　　살이 닳도록
　　결핍을 거스르든지
　　낯선 것들은
　　더욱 낯설게 질문하면서
　　부끄럼은 아프게 피부를 긁고

　　허기진 몸통 가라앉힐
　　바닥이 보이지 않아

더듬이 움츠리고
나이 사 십을 넘어도
중심으로 나아가는 길 잃고
흔들리면서

부끄럼은 시
어쩔 수 없는
안에서 농익다가 밖으로
한 번은 터지는 일

– 「석류의 후숙」 전문

　위 시는 석류가 한여름 무더위와 함께 빨갛게 꽃을 피우다
가 늦가을 마침내 열매가 농익어가는 과정이 시적 알레고리가
된다. 학창 시절 교실에서 부끄러움을 견디려다가 되려 코피
를 쏟기도 하고 갈피를 잡지 못해 흔들렸던 경험을 회상하며
시인은 자신에게 다그친다. "나이 사십을 넘어도" 부끄럼으로
인해 흔들리는 삶을 언제까지 버거워하며 움츠리고 살아갈 수
없다는 것이다.
　비평가 C 브룩스는 시어를 역설의 언어로 규정했다. 부끄럼
은 수동적인 심리일 뿐 지극히 내재적이어서, 시라는 언어로
표현할 때 비로소 수동적인 한계점을 극복하고 바람직한 결론
에 이른다. 이는 표면적 의미와는 정반대의 의미를 작품에 내
면화시킨 '시적 역설'이다. 정말심에게 부끄러움은 시적인 원
천인 동시에 자신의 현실과 세계를 드러내면서 또 다른 세계
를 창조하는 엔진 역할을 한다는 점에 주목할 필요가 있다.
　안에서 무르익으면 균열을 일으키며 밖으로 터질 수밖에 없

는 석류처럼 시인 자신도 부끄러움이 시라는 언어로 변용되길 바라고, 활화산처럼 터져 나오기를 바라고 꿈꾼다. 감정 환기적 진술이 잘 드러나는「석류의 후숙」은 시인의 성품과 현실이 그려진 한 폭의 자화상이다.

긴장하면
초점을 잃고 시선 흩어진다
시선을 위쪽으로 눈을 부릅뜨라며
이마에 주름 긋는 사진관 아저씨
사천왕사처럼 눈을 부릅뜨면
온몸에 혈기가 돌고
거꾸로 쏟아지는 세상에
스스로 갇힌다
손바닥으로 얼굴 문지르고
떼굴떼굴 시선 교정하고
세상일 서툰 어머니 닮은
히죽거리며 삭은 탈바가지
의자에 앉았다
투명하게
렌즈는 기억까지 정제할 듯
집요하게 쪼아본다
찰칵, 촬영이 끝나고
보임과 감춤 단층 깊이 박제된
픽션의 시간
표정이 낯설다

－「얼굴을 열다」전문

시는 상상력의 산물이다. 시인은 사진을 찍으려고 사진관 카메라 앞에 앉아 있는 자신의 모습을 회상한다. 카메라의 렌즈는 타자의 보는 눈이다. 살아생전의 "어머니" 모습을 닮아가는 '심리적인 내'가 사람들 앞에 드러난 '공공의 나'를 타인처럼 낯설게 느낀다. 특정한 어떤 상황이 있기 "전과 후"의 나의 모습은 과연 어느 것이 진정한 자신의 모습일까. 카메라 앞에서의 모습을 시인은 허구로 설정한다. 한 가정의 주부로서 잡다한 일상에 길든 자신이 진짜일까, 아니면 사진을 찍기 위해 긴장하고 꽃단장한 카메라 앞에 앉아 있는 모습이 진짜일까. 사진을 찍기 위해 작심하고 꽃단장한 모습 역시 부끄러움의 연속성에 있다.

　종교나 사회, 예술 문화 모든 영역에서 다면성을 드러내는 시대를 살아가는 우리는 때로 여러 개의 페르소나로 살아갈 수밖에 없다. 시인은 딱히 사진을 찍으려고 카메라 앞에 앉아 있는 순간으로 한정했지만, 이 시를 대하는 독자의 입장에서는 다른 상황을 상정할 수도 있으리라. 시인의 원초적인 본성이 엿보이는 성찰이며 또한 우리가 정말심의 시들을 조금 더 친밀하게 이해하는 부분이 될 것이다.

　"시는 앎이고 구원이며 힘이고 포기다. 시의 기능은 세상을 변화시키는 것이며 시적 행위는 본래 혁명적인 것이지만 정신의 수련으로서 내면적 해방의 방법이기도 하다." 멕시코의 시인 옥타비오 파스의 표현처럼, 정말심은 자신이 처한 현실을 인식하고 정신의 수련으로서 스스로 내면의 해방을 도모하려 시를 쓰는 것은 아닌지.

낡은 시폰 블라우스처럼

아무것도 가려지지 않는 문장은

회의적인 나를 소화한 용기 어린 배설물

나만의 방에서 응고된 시간과 은유

다 놓친 그물일지도

혹은 부끄럼이거나 자발적 기쁨

그 나머지

꽃을 위한 변용이다

-「행간에서」 전문

그렇다. 시인은 자신의 존재를 "아무것도 가려지지 않은 문장"으로 파악하면서도 "자발적 기쁨"이며 "꽃을 위한 변용"임을 자처한다. 이 사실을 인식하는 동시에 시인은 한 편의 시를 통해 간절한 기원을 바라는 것이다. 정말심이 시인으로서가진 자질이며 자신의 위치를 자리매김하는 과정인 셈이기도하다.

이쯤에 이르러서는 그동안 전전긍긍해왔던 그녀의 고통과 부끄러움이 밑거름이 되고, 시적인 승화에 이르러 단호한 결론에 도달함을 확인하면서, 또한 우리들은 독자의 한 사람으로서 박수를 보낸다. 극복과 초월의 의지가 한 사람이 시인

으로 거듭 태어나는 아름다운 과정을 그의 시편들을 통해서
함께 경험하기 때문이다.

자상한 자기성찰과 새로운 시적 세계에 끊임없는 서성임과
실험을 담금질하면서 독자는 시인이 안내하는 시에 대한 열망,
열정을 동시에 나누어 가진다. 이는 찰나에 이루어지는 돌고
래의 멋진 공중부양을 상상하도록 부축이는 결과를 획득하기
도 하고, 한 마리의 바닷새가 공중 높이 솟구쳤다가 수면을 향
해 파문을 일으키며 곤두박질하는 이미지를 연상하게도 한다.
수면을 박차고 공중을 향해 다시 비상한 바닷새의 부리에는
포획물인 물고기가 눈부시게 퍼덕거린다. 바닷새가 수확한 물
고기처럼 정 시인에게도 지금보다 더 깊은 잠재의식에서 길어
올리는 눈부신 음률로서의 시어詩語를 기대해본다. 세상의 그
어떤 화려한 유혹과 매혹에 요지부동하다가도 향기로운 시어
하나를 얻기 위해 어쩌면 초라하더라도 숙명처럼 전 생애를
거는 사람이 시인이다.

위에서 작가의 개성이 잘 드러나는 세 편의 시를 감상했다.
하나하나 단편적으로 대했을 때와는 다르게 60여 편을 묶어
놓고 한목에 대했을 때의 일맥상통하는 주제를 엿볼 수 있어
서 다행이다. 한 사람의 시인을 읽는다는 것은 그가 살아온 삶
과 고통을 함께 나누어 가진다는 의미이기도 하다. 글쓴이의
깊은 내면에서 끌어올린 에너지를 함께 나누어 또 다른 시적
세계를 체험하도록 촉매 역할을 하기 때문에 적지 않은 감동
을 갖는다.
시는 단순한 문학적 형식이 아니라 언어와 인간이 만나는

장소이다. 운율의 법칙에 따라 만들어졌다고 해서 모든 작품이 시를 품고 있는 것은 아니다. 언어로 쓰이지 않은 시도 있다. 아름다운 풍경이나 아름다운 사람 혹은 사건이 시로 쓰이지 않아도 충분히 시적인 성과를 쟁취하는 경우가 있음을 우리들은 인정하지 않을 수 없다. 이것이 시집『석류의 후숙』출간을 진심으로 축하하는 이유이기도 하다.